UN DERNIER MOT

SUR HOLY-ROOD.

PARIS, IMPRIMERIE DE BÉTHUNE,
Rue Palatine, n. 5.

UN DERNIER MOT

SUR

HOLY-ROOD.

PAR

M. le baron de Mengin-Fondragon.

PARIS,

BRICON, LIBRAIRE,
RUE DU VIEUX COLOMBIER.

MARSEILLE, MÊME MAISON,
RUE DU SAINT SÉPULCRE, N° 17.

1832.

AVANT-PROPOS.

Je n'avais eu d'autre projet d'abord, en écrivant cette courte relation, que de la faire insérer par articles dans les journaux. Mais un des meilleurs poètes de notre époque, un membre de l'Académie française, dont j'estime le jugement, qui réunit à la fois,

chose bien rare aujourd'hui,
les qualités du cœur à celles
de l'esprit, et qui, de sa plume,
tout à la fois brillante et pure,
a su toujours en faire le plus
noble emploi, M. B..... enfin,
ayant jeté un coup-d'œil sur
mon manuscrit, m'engagea de
préférence à le faire imprimer,
me donnant l'espoir de quelque succès, à cause de cer-
tains détails neufs sur Holy-
Rood.

Je m'étais alors borné au

projet d'en faire une petite
brochure in-octavo , lorsque
l'aimable et élégant auteur des
Souvenirs d'Holy-Rood me
détourna à son tour de ce
projet, en me disant qu'à la
vue de ce format on confon-
drait mon écrit avec la foule
des libelles et autres écrits po_
litiques , qui tous ont cette
forme. Ce fut alors lui qui
m'engagea à en faire un petit
volume in-18, semblable aux
éditions de ses *Souvenirs*,

Je consentis donc à lui donner la forme d'un livre, bien
que d'abord je n'en eusse eu
ni la volonté ni même le désir. En effet, comment aurais-
je eu cette prétention après les
charmans *Souvenirs d'Holy-
Rood* et autres ouvrages remplis de détails si intéressans,
de pensées si délicates, de ci-
tations si heureuses, écrits
avec tant d'élégance et de pu-
reté, et lus avec tant d'avidité
et de plaisir. Je n'ai eu qu'un

désir, celui d'exprimer suc-
cinctement les sensations que
j'ai éprouvées à la vue des illustres exilés d'Holy-Rood,
de dire un mot de leurs vertus, de leur résignation, et de
faire un récit aussi simple que
vrai des aimables qualités des
deux charmans enfans qui par-
tagent les malheurs et la desti-
née de leur famille.

Je n'ai point été mu par
l'amour-propre, moins encore
par l'espoir d'obtenir des élo

ges , car je ne flatte pas la puissance du jour et n'injurie pas le pouvoir déchu ; mais c'est un devoir qui m'est prescrit par la reconnaissance et par la fidélité au malheur.

J'ose donc croire que toute âme honnête m'approuvera ; j'ose me flatter même que l'on m'estimera , et si on venait à critiquer mon style , ainsi que la faiblesse de mes pensées, au moins j'ose espérer qu'on m'excusera en faveur des sentimens purs qui ont guidé ma plume et de l'abnégation que j'ai faite de toute vaniteuse prétention littéraire et de tout intérêt personnel.

UN DERNIER MOT

SUR

HOLY-ROOD.

~~~~~~~~~~~~~~~~~~~~~~~~~~~~~~~~~~~~~~~

28 JUILLET 1832.

Après avoir traversé une partie
de la ville d'Edimbourg, la plus
belle des trois royaumes après
Londres, et la plus pittoresque que
j'aie encore vue, j'arrivai à l'hôtel
du Black-Bull (Bœuf-Noir), grande
et belle auberge où descendent en
grande partie les Français qui

2

viennent en pélerinage visiter la
famille exilée de nos rois, et apprendre, en la contemplant, jusqu'où peut aller, dans l'infortune,
le courage et la résignation.

En ,entrant, je demandai, en
anglais, si quelqu'un dans l'hôtel
parlait français.

Une jeune et jolie personne, à
la voix douce, comme presque
toutes les anglaises, et aux cheveux du plus beau blond, fille du
maître de l'auberge, et appelée
Suzanne Steventon, se présente
et me demande, en ma langue, si

je suis un des Français restés fidèles
au malheur. Oh! oui, me dit-elle,
après m'avoir considéré, vous en
êtes un, je le vois à votre air franc
et ouvert; les ennemis des Bourbons ne l'ont point ainsi; entrez,
Monsieur, vous serez le bien venu,
car les habitans de cet hôtel, ainsi
que les honnêtes gens d'Ecosse et
d'Angleterre, aiment beaucoup les
Bourbons, et par conséquent, les
bons Français; ma cousine, *Anna
Thompson*, que voici, peut vous le
confirmer, et même, comme elle
parle mieux français que moi, elle

saura mieux encore vous exprimer nos sentimens pour cette auguste et si malheureuse famille.

Cette cousine, à peu près de même âge (18 ans environ), avait les cheveux du plus beau noir; et ses grands yeux, de même couleur, et pleins tout à la fois de douceur et de vivacité, d'expression et d'esprit, découvraient les sensations diverses d'une belle âme et d'un cœur noble, aimant et sensible.

Oh! oui, me dit-elle, avec une chaleur inexprimable, ma cousine et moi sommes toutes françaises!

et d'ailleurs, qui pourrait ne pas admirer une famille dont tous les instans sont consacrés au bonheur des autres, dont le cœur est toujours ouvert à l'infortune et la bourse aux malheureux?

Aussi, comme l'a dit ma cousine, chacun en ce pays la plaint et la vénère, et moi, je lui suis dévouée comme à la famille même de mon roi.

Alors, me conduisant dans le parloir (1), je veux, ajouta-t-elle

_____

(1) On appelle ainsi en Angleterre une salle au rez-de chaussée ou l'on dîne et où l'on reçoit les étrangers

avec une impression impossible à
rendre, vous montrer des dessins
qui ont rapport à cette famille à
laquelle tous les peuples seraient
heureux d'obéir.

Celui-ci est le portrait fidèle de
l'aimable et noble héritier de tant
de grands rois. Il a été fait par un
Français fidèle, par un bon peintre,
M. d'Hardivillier.

Comme ils se sont formés depuis
deux ans, lui dis-je, comme il est
embelli!

Oh! oui, c'est un charmant
prince; remarquez sa physionomie

animée, spirituelle; quelle vivacité dans son regard! Cet enfant,
je vous assure, sera un jour un
second Henri IV.

Cette autre lithographie du
même auteur représente un trait
que vous avez lu dans une relation
d'un de vos aimables auteurs français : vous y remarquez le prince
visitant un pauvre moribond; il est
appuyé contre son lit, et, observant
la misère qui règne autour de lui, il
tire sa bourse, et en regardant avec
compassion la femme désolée du moribond, il la lui donne toute entière.

Cet aimable prince n'a rien à lui, tout est pour l'infortune et pour ses amis. En tout il est digne de son auguste père et de sa tendre mère, dont il n'est pas d'homme de cœur et de femme sensible qui n'admirent le courage et l'amour maternel.

Quant à moi, j'ai appris dès mon enfance à aimer votre famille royale, par mon grand père que je pleure, et par ma mère que je chéris et qui a eu le bonheur de la connaître lors de son premier exil en Angleterre.

Ayant tiré un album d'un secré-
taire et l'ayant ouvert, je veux, me
dit-elle, vous montrer maintenant
ce que je possède de plus précieux.
Voici la silhouette de votre jeune
Henri, en costume écossais, et
s'exerçant au tire de l'arc; celles de
sa charmante sœur, de sa mère
bien aimée et si digne de l'être, et
de son vénérable aïeul. Cet album
me fut donné au nom du jeune
prince, avec quelques mots écrits
de sa propre main au-dessous de sa
silhouette. (1)

_____

(1) Cette silhouette est connue en France, elle représente

Vous trouverez Charles X comme sur cet album, à peine courbé, et de plus, bien portant. Cela doit être; il n'y a point en Écosse d'ingrats qui l'affligent, ni de méchans qui le persécutent et l'insultent; chacun au contraire le plaint et le vénère, et je vous assure que son départ et celui de sa famille serait pour tout bon Ecossais un objet de regrets les plus vifs et les plus sincères.

Maintenant, ajouta-t-elle avec candeur et en rougissant, me se

---

le jeune Henri en costume écossais, une toque à plumes et tirant à l'arc.

rait-il permis de vous montrer quelques vers anglais que j'ai composés sur cette famille? Je n'en avais j'amais fait, et c'est M. de La Vil latte, ce brave, loyal et fidèle gardien de votre Henri V, qui me sollicita d'en faire l'essai. *Vous en êtes capable, me dit-il, votre cœur est digne d'exprimer un tel sujet, et votre esprit fera le reste.*

Je désire bien qu'ils soient goûtés par vous, et qu'en les lisant, vous partagiez le plaisir que j'ai eu de les composer.

Elle voulut bien me les lire elle-

même, afin de me faire mieux com-
prendre le génie de sa langue , et
cette jeune Muse me permit, à ma
sollicitation , de les emporter en
France et de les joindre ici. On
verra que la lyre d'Ossian n'est
point encore brisée en Écosse, que
ses cordes vibrent encore par fois
sous les doigts de la sensibilité et
même du génie, et qu'une femme
a su en tirer des sons que le chantre
sublime de la Caledonie eût lui-
même applaudis.

TRADUCTION LITTÉRALE,

DES VERS

De Miss Anna Thompson.

Illustre Henri , royal enfant ,
enfant de miracle et de joie, pourquoi habites tu des bords étran-

---

Lines addressed to the duke of Bordeaux,

Written on his depature for the Highlands.

Illustrious Henry, Royal Youth, Child of Miracle, of Song,
Why restest thou on foreign ground ? Why linger here so
long ?

3

gers, pourquoi languis-tu si long-
temps ici? Ton propre pays, ta
belle France, où tu resplendirais
comme un soleil dont tous les astres
inférieurs recevraient leur éclat,
cette France n'a-t-elle pas de plus
justes droits sur toi?

T'auraient-ils banni, ces hommes
inconstans et frivoles, loin de cette

Has France your own, your beautiful, not better claims to
thee ?
Where thou would'st shine a Sun From Whom all lesser
planets flee.

Have they the vain, the fickle, drove thee from that sunny
land ?
That Throne thou art so form'd to grace. That voice tuned
to commend.

brillante contrée, loin du trône que ton destin était d'embellir? Ont-ils été sourds à ta voix si bien faite pour commander? N'ont-ils éprouvé aucune émotion touchante, aucun vif remords qui ayent pu les arrêter dans leurs sinistres projets, lorsqu'ils t'ont forcé de chercher un asile en ces lieux, toi qui fus doué d'une âme si élevée?

Had they no cumpunctuous feelings, to check their wild careei,
When they forc'd thee, The Noble Hearted, to seek for shelter here.

Pouvaient ils entièrement oublier le passé et les malheurs de ton héroïque mère, auprès de laquelle tu t'élevas comme un rayon d'espérance pour chasser loin d'elle la tristesse et les ennuis? Ce fut quand sonnait l'heure du plaisir et de la gaieté, que son bien aimé lui fut cruellemēnt enlevé, et qu'il fut privé du bonheur de laisser tomber sur toi le sourire d'un père.

Could they quite forget the past? Thy Heroic Mother's woes,
On whom thou as a beam of Hope, to banish gloom arose,
When her own, her best belv'd, in an hour of mirth and glee,
Was snatch'd from Her, from shedding a fathers smile on thee.

Ce doux rayon d'espoir qui t'annonçait au monde avait à peine brillé, que déjà plus d'une prière fervente était inscrite · pour toi dans les cieux et que les cieux y avaient répondu. Les anges accordant leurs harpes, recueillaient attentivement ces innombrables preuves d'amour et de dévouement que te donnait la terre pour en former des hymnes et des cantiques pour le ciel.

Thy glist'ning ray had not appear'd, yet many a fervent prayer,

For thee, was reg'ster'd above, and found an answer there.

The list'ning Angels tuned their Harps, to join the count tles throng,

Of deep devoted feelings, and pyma'd them forth in Song.

Envoyé pour porter l'espérance
à toute une nation, pour sécher
les larmes d'une mère, tu fus salué
comme un bienfait des cieux par
la voix d'un peuple impatient de
ta venue et qui, d'un commun ac-
cord, s'unissait pour te bénir,
t'exalter, et par sa joie célébrer ta
naissance.

Their Seraph Lay was listen'd to, in those celestial Sphe-
res,
Thou wast sent to give a Nation Hopes, dry a widow'd
Mother's tears.
As a blessing Thou wast welcom'd, by an anxious people's
voice
Who join'd in one assent, to Bless'thee, Bless thee, and
resjoice.

Tu fus adoré comme une étoile étincelante , comme un germe inappréciable. Tu fus gardé comme un trésor dont mille motifs plus doux les uns que les autres rehaussaient la valeur. Les sentiers que foulaient tes pas enfantins étaient semés de roses, et les dieux comme les hommes semblaient se confondre dans un même sentiment pour toi.

As a bright Star thou wast worship'd, as a Gem beyond all price,

Thou wast treasur'd, made *too* conscious of by ev'ry sweet device.

The Rosy Wreaths strewn o'er the path thy infant footsteps trod,

One Ou y feeling seem'd to dwell in almost man and God.

Les fleurs dans toute leur riche variété semblaient naître spontanément sous tes bonds légers. Tu ne voyais partout que gracieuses pensées, que roses d'amour qui réservaient pour toi leurs plus doux parfums. Tu n'apercevais que les preuves du dévouement d'un peuple dans tout ce qui frappait ta vue, et tu étais fier de penser qu'il n'existait personne qui fût aimé comme toi.

The varied flowers seem'd tokspring, beneath thy bounding feet.
The pensees ev'ry where you gave. The Rose d'Amour more sweet,
You read a nation's feelings in all that met thy view,
And felt elate to think that none was ia f so lov'd as you—

A ta vue les petits oiseaux chan
taient plus joyeusement, et telle
était alors la douceur de leur ga-
zouillement que l'air même en de-
venait harmonieux. Leurs notes
brillantes se communiquaient d'ar
bre en arbre. Toute la terre était
riante et belle, et ton heureuse
existence s'écoulait au milieu d'un
cercle de plaisirs et de scènes ra-
vissantes.

The little Birds sang joyous whene'er thou camest in
  sight,
The very air was musical with their warblings of delight.
Their sweet notes thrill'd from tree to tree. All Earth
  seem'd bright and gay
Thy happy Life seem'd gliding in Fairy Scenes away.

Ah ! combien tout diffère tristement et complètement aujour-
d'hui de ce brillant et gai spectacle
au milieu duquel tu descendais
avec orgueil ce fleuve rapide de la
vie où, bientôt les flots courroucés
de la discorde devaient mugir autour de ton auguste tête, soulever
l'ancre de ta barque fragile et la
pousser vers un autre rivage.

How deeply, sadly changed from that gay glittering scene,
On which you sail'd so proudly down Life's transient,
    filful stream,
Were the angry waves of discord, Which roll'd round
    thy princely head
Thy fragile Bark, the Anchor rais'd, to other Lands soon
    sped.

Ce fut la terre d'Écosse qui t'accueillit en admirant ta rayonnante figure sur laquelle tous tes sentimens se peignaient avec tant de grâce. Elle t'a reçu, elle te regarde comme un de ses enfans, tandis qu'un nuage passager obscurcit encore l'éclat de ton soleil.

Elle ne possédait pas : elle ne

Twas Scotia's shores receiv'd thee, beheld thy braming
  face,
On which your ev ry fee ing shone, with such resistless
  grace,
Welcom'd you as their own, Regarded you s one,
Whom passing Clouds obscur'd a while, the brilliance of
  thy Sun.

They had not, could not offer thee, those scenes so
  bright so fair,

pouvait te présenter le tableau de ces fêtes brillantes où tu avais coutume de briller toi même comme le plus riche diamant que l'on pût y voir, mais elle t'a offert des cœurs francs, élevés, aussi solides que les rochers qui bordent son île, et tu as plus que payé l'amour qu'elle t'a montré par ton doux et gracieux sourire.

As those thou used to sparkle in. The Brightest Diamond there

but Hearts as firm, as strong. Thou found, as the Bul warks of her Isle,

Thou more than paid their proffer'd Love with thy sweet grateful smile.

De quelque côté que tu te diriges
maintenant pour y chercher des
distractions, tu ne rencontres partout que l'accueil dévoué de ces
cœurs sincères, même de la part
du pauvre et de l'humble habitant
de nos contrées. C'est à cette classe
qu'appartenait le montagnard cel-
tique qui, à l'heure de la mort, t'a
prédit que renommée, fortune, hon-

Where'er thou wendest now thy way, to seek for change
of scene,
Thou'lt meet with Heart-felt greetings, though from the
Poor the mean,

4

neurs et puissance seraient encore bientôt ton partage.

La renommée, l'éclat sont des biens chèrement acquis, mais tu ne peux manquer de les posséder un jour : la fortune, avec toutes ses faveurs et ses sourires, couronnera tes entreprises. Le rang, pour un mortel, il ne peut y en avoir de plus

---

Such was the hardy Celtic's rank, who in h's dying hour,
Foretold thee, thou wouldst soonn enjoy, Fame, Fortune,
Rank and Power.

Fam 'tis a word most dearly won. That thou will sure possess',
Fortune wille beam will smiles again, And crown thee with success.

élevé, de plus noble que le tien, et, quant à la puissance, tu obtiendras celle d'inspirer sur la terre cet excès d'amour qui ne peut avoir que le ciel pour récompense.

Rank the highest, noblest's your's. Which to Mortel can be given,
Power of inspiring that Love on Earth, Which seeks reward from Heaven.

Anna Thompson, 1852.

The above stance occurred to the young prince, On his tour through the Highlands' last year.

29 JUILLET 1832.

En m'approchant d'Holy-Rood,
j'aperçus une foule de pauvres
rassemblés à la porte d'une petite
maison. C'est, me dit un Français
qui avait accompagné la famille
royale dans l'exil, la maison du
médecin de notre vénérable monarque, de M. Bougon, homme
plein de mérite et de bienfaisance;
là, chaque jours cent ou deux

cents pauvres obtiennent, gratis, des consultations et des remèdes !

Comment, lui dis-je, avec attendrissement, ce prince, qui ne possède plus rien, peut-il encore venir au secours de tant de malheureux ?

Il ne s'en vante pas, mais c'est en prenant jusque sur la dépense même de sa table frugale.

J'étais alors en face de l'antique palais des rois d'Ecosse, des Stuarts, dont les malheurs égalèrent presque ceux de nos rois. C'est là, c'est dans ses épaisses murailles, flanquées de tours élevées et noircies par le temps, qu'habitent, isolés, ceux que le Louvre, il y a deux ans à peine, était fier de posséder.

Ayant franchi la porte de cette espèce de citadelle, séjour autrefois de l'intéressante et infortunée Marie Stuart, et gardée encore par des soldats écossais, je montai chez le roi Charles X. Son anti chambre était loin de ressembler aux vastes et magnifiques salons des Tuileries qui suffisaient à peine pour contenir la foule des courtisans qui encombraient les avenues du trône et qui, au jour de l'infortune, disparurent chargés de bienfaits, et en abandonnant le bienfaiteur.

Ici régnait la solitude, et, au lieu de lambris dorés, de glaces magnifiques, de riches tentures, de meubles en crépine d'or, la galerie, tendue en vieille étoffe rouge, et ornée seulement du portrait en pied de Georges IV, était vide de meubles et de siéges.

Je traversai ensuite la salle à manger, où je ne vis que des murs blanchis, une table qui sert au repas de la famille de nos rois, et des

chaises à dossiers de bois et à cous-
sins de crin noir.

Deux serviteurs fidèles y rem-
plaçaient tout-à-la fois et les gardes-
du-corps et les huissiers du palais;
un d'eux m'ouvrit la porte, et je
fus introduit dans le salon, meublé
comme le sont la plupart de nos
vieux manoirs de France.

Le roi y était entouré de sa famille et de quelques Français restés dévoués à l'infortune, et qui
l'avaient accompagné dans son
exil.

Quoiqu'un peu courbé, Char-

les X ne me parut pas vieilli; il
vint à moi avec ce sourire gracieux et cette bonté que les malheurs n'ont pas changés, et il daigna me dire qu'il me voyait avec
plaisir. « Je suis toujours charmé
de revoir des Français, ajouta-t-il,
toujours ils me sont chers, et mes
ennemis seuls ont pu feindre d'en
douter. »

Ses traits exprimaient la tristesse,
mais en même temps ils conser-
vaient la dignité du courage dans
le malheur, et il confirmait, par le
respect de ceux qui l'entouraient,

ce qu'a si bien dit notre grand
Corneille :

Qu'un véritable roi qu'opprime un sort contraire ,
Tout opprime qu'il est, garde son caractère ,
Ce nom lui reste entier sous les plus dures lois,
Il est dans les fe s meme égal aux plus grands rois.

Il me parla des malheurs de la
France avec une vive sensibilité,
comme s'il n'en eût pas été la première victime, et rien dans ses
paroles non plus que dans ses traits,
ne me fit apercevoir ni haine ni
ressentiment.

M. le dauphin, à son tour, daigna
me dire quelques mots gracieux, il

était auprès de madame la dauphine,
(assise à l'autre extrêmité du salon.)
Elle paraissáit profondément triste,
mais, rétablie de sa maladie de
l'hiver, sa santé semblait meilleure.

Son accueil fut plein de bonté :
« Vous venez de bien loin nous voir,
me dit elle, on reconnait là le vrai
dévouement, car on est sûr que
ceux qui viennent ici ne sont pas
mus par l'intérêt, mais par l'affec-
tion ; c'est une douce consolation
dans l'infortune, aussi nous y sommes bien sensibles.

Elle me demanda alors des nou

velles de la France avec une émotion difficile à peindre. « Si au
moins dans notre exil, me dit-elle,
nous la savions heureuse ! mais tous
les fléaux l'accablent à la fois :
troubles, misère, maladies, et
voilà ce qui nous afflige le plus ! »

Vos bienfaits, lui dis-je, savent
encore franchir les mers et venir y
adoucir plus d'une peine et y sécher
plus d'une larmes.

« Hélas ! j'y puis bien peu, et
c'est un de mes plus vifs regrets.
Ah! si les Français savaient comme
nous les aimions ! Mais souvent on

accuse les princes sans examen,
sans même les connaître ! »

Elle était trop émue pour con-
tinuer, et moi-même, sans pouvoir
répondre, je me retirai et je fus
introduit successivement chez le
jeune Henri V et chez sa sœur.

Le prince est fort grandi et for-
tifié. Ses membres sont souples,
déliés; il est vif comme la poudre, et
ses beaux yeux bleus ont tout à la fois
une expression de douceur, de raison, de gaîté, de noblesse, de bonté,
d'esprit et d'intelligence ; toutes
qualités, en effet, qu'il possède.

« Je vous vois avec bien du plaisir, me dit-il, et vous remercie pour
ma part d'être venu de si loin pour
nous voir, car il y a bien loin d'ici
en France, notre commune patrie,
que je voudrais tant revoir ! »

Il avait alors une petite carte
faite par lui, s'il m'en souvient, de
la partie de l'Écosse qu'il venait de
parcourir; il courut la donner à
une des jolies petites filles du baron de Saint-Aubin , premier valet
de chambre de Charles X, chargé
en ce moment de l'administration
de sa maison , et elle revint toute

joyeuse auprès de son père, en lui disant : Lorsque Monseigneur possède quelque chose, presque tou jours il en fait présent à quelqu'un.

« Vous me quittez, me dit-il en partant, vous allez chez ma sœur, mais nous nous reverrons, je l'espère ? »

Mademoiselle est pleine de grâces, d'esprit, et d'à-propos.

Lui ayant présenté un petit ouvrage brodé pour elle par ma femme et ma fille, et l'ayant priée de daigner l'accepter, sa physionomie soudain s'anima, elle rougit de sensibilité, ses yeux devinrent humides, et elle me dit avec une émotion et une vivacité d'expression difficiles à rendre : « Comme elles sont bonnes d'avoir pensé ainsi à moi ! j'en suis infiniment reconnaissante, dites-le leur bien, je vous en prie. » Et, après avoir de nouveau et plusieurs fois considéré cet objet si peu digne d'elle, elle le montra à madame de Gontaud, et voulut bien de nouveau m'exprimer une sensibilité qui me fit connaître la bonté de son cœur.

Sa conversation est celle d'une

personne beaucoup plus âgée, elle
est pleine d'âme et de nobles sentimens, et répond en tout aux
soins et au dévouement de madame
de Gontaud, si bien secondée par
mademoiselle Vachon.

« Que je plains, me dit-elle, les
Français qui souffrent tant de maux
à la fois! Ma mère, je vous assure,
les plaint encore plus que moi; elle
est si bonne, ma mère! »

Qui ne la connaît en France!
lui dis-je; il n'est point un cœur
noble et généreux, même parmi
nos ennemis, qui ne plaigne ses

malheurs et n'admire son courage
et son amour maternel !

« Vous êtes venu en ce pays avec
du beau temps, ce qui est rare, càr
il y pleut beaucoup et il y fait froid
souvent. »

Cependant, Mademoiselle, lui
dit un habitué d'Holy-Rood, qui
alors arrivait pour lui rendre ses
devoirs, il y a des années assez
belles en Écosse : par exemple,
nous avons eu, l'été dernier, près
de deux mois de beau temps.

« Cela se peut, mais deux mois ne
font que soixante jours, et sur trois

cent soixante-cinq dont l'année se compose, il me semble que ce n'est guère. Non, ajouta-t-elle, disons la vérité, *j'aime* et j'aurais tort de ne point *aimer* les Écossais, qui nous donnent tant de preuves d'attachement, mais vous conviendrez qu'il est difficile de vanter le climat d'Écosse et de le comparer à celui de la France ? »

Tout cela fut dit avec une grâce, un aplomb, et une vivacité d'expression qui me charmèrent.

Vous en ferez, dis-je en partant,

à madame de Gontaud, une princesse accomplie.

J'ai peu de peine, me répondit-
elle, tout est naturel chez elle, je
n'ai besoin que de la diriger. Elle
et son frère sont deux enfàns charmans....

En me retrouvant ainsi au sein
de la famille de nos rois, je me crus
pour un instant dans ma patrie,
transporté aux quinze années de
bonheur et de prospérité dont la
France avait joui à l'abri de leur
trône; et ce ne fut, hélas! qu'en
la quittant et en me retrouvant

sous les sombres portiques du palais d'Holy-Rood, que je me rappe-
lai être venu au fond de l'Écosse
pour jouir d'un instant de cette
paix et de ce bonheur, dont depuis
deux ans les Français sont privés !

29 JUILLET 1832.

J'allai aujourd'hui au manége
de la ville voir le jeune prince
monter à cheval, d'après son invitation. Il avait chargé, de son côté,
son cher de La Villatte, d'inviter
à m'y accompagner, les deux cousines du *Black-Bull*, sachant leur
faire un extrême plaisir, par suite
de leur dévouement si connu à la
famille.

Nous fûmes placés dans une tri-
bune élevée située au fond du manége. En arrivant, le prince nous
aperçut, et, nous ayant salué, il
sauta légèrement à cheval et com
mença sa leçon d'équitation dirigée
par MM. O'Hégherty père et fils.

Il est fort bien placé et manie
déjà son cheval avec adresse.

Après qu'il eut manœuvré au pas,
au trop, au galop, il changea de
cheval, monta le sien propre, et
lui fit sauter plusieurs fois la barre
avec autant de justesse que d'a
plomb. A la fin de sa leçon, il nous

salua avec beaucoup de grâce et à plusieurs reprises, tandis que son cheval était en mouvement, puis sauta à bas avec la même légèreté qu'il était monté, salua de nouveau les deux jolies écossaises, aussi charmées que moi de son adresse, de son maintien et de sa figure tout à la fois si ouverte et si intéressante, et il partit dans sa voiture de louage en nous saluant encore.

3o juillet 1852.

La leçon d'équitation m'ayant inspiré quelques vers, j'allai le lendemain le prier de les agréer. Il était dans le jardin d'Holy-Rood, derrière la chapelle en ruine des Stuarts, où il s'exerçait au pistolet, accompagné du digne et loyal comte de Maupas, son sous-gouverneur, et du brave capitaine de

La Villatte, son défenseur et son ami.

Il vint à moi et me dit, en me tendant la main : « Je ne suis pas adroit aujourd'hui. »

C'est vrai, lui dit le comte de Maupas, ordinairement vous tirez mieux que cela.

J'osai lui présenter alors les vers suivans, qui n'ont d'autre mérite que l'à-propos, et pour avoir été acceptés par le prince.

Henri! lorsqu'à cheval je te vis t'élancer,
Je crus de ton aïeul reconnaît l'image.
C'est Henri Quatre! dis-je, il semble menacer
L'ennemi qui voudrait ni ter son courage

En même temps tes traits exprimaient à la fois
La bonté des Bourbons, la valeur de ton père,
J'y remarquai l'ardeur de ton auguste mère,
Et prévis le bonheur de vivre sous tes lois.

Lorsqu'il les eut lus, il vint me remercier, et puis alla saisir le pistolet qu'on lui présentait.

Le coup part, il court à la cible, et s'aperçoit, à sa grande joie, qu'il avait frappé la poupée au milieu du buste.

« C'est la lecture de vos vers, me dit-il avec vivacité en levant ses beaux yeux vers moi, qui m'a donné encore plus d'ardeur et plus de coup d'œil. »

Un instant après, pendant que MM. de Maupas et de La Villatte tiraient à leur tour, il me prit la main et m'indiqua dans le gazon un lieu où il désirait me conduire.

C'était sa chère levrette, sa fidèle amie, couchée dans le gazon, qu'il voulait me montrer.

« Voilà un ami fidèle, me dit-il, en me la faisant caresser avec lui, celui ci le sera jusqu'à la mort ! »

« Vous en avez d'autres, Monseigneur, n'en doutez pas. »

Je ne pus rien dire de plus, mon cœur était trop plein pour qu'il pût s'exprimer.

A la fin de la leçon, comme il allait à la mer apprendre à nager, il fallut le quitter, mais non sans lui demander la permission d'assister le lendemain à ses autres études.

« Vous me ferez plaisir, mais quelles sont celles que vous désirez connaître? me demanda-t-il. »

« Toutes, Monseigneur. »

« En ce cas, il faudra vous lever de bonne heure, car à six heure

moins cinq minutes je les com
mence. »

« J'y serai. »

Il me salua et partit.

APPARTEMENT

De Marie-Stuart.

———

Je ne pouvais m'arracher des lieux habités par cette famille malheureuse, à laquelle, il y a deux ans à peine, toute la France rendait hommage; je ne pouvais m'éloigner de ces charmans enfans si dignes ,pun meilleur sort ! Je restai long-

temps fixé à la même place, mes
pieds semblaient attachés au sol;
que de pensées cruelles se succé-
dèrent pendant ce temps !

La trahison, me dis-je, le parjure,
la basse cupidité, l'orgueil, l'ambi
tion, la lâche ingratitude, l'extra-
vagance et la frénésie ont banni de
France cette famille à l'ombre de
laquelle elle a vécu long-temps si
heureuse. Qu'y a gagné ma patrie?
Hélas! la ruine de son commerce,
l'anarchie, la guerre civile, des
impôts énormes, la haine de l'Eu-
rope, la perte de tous ses alliés, la

désunion des familles, la démorali-
sation sociale, le vice triomphant,
toutes les passions déchaînées, la
peste, les remords, la misère et une
guerre universelle presque certaine.

Les Bourbons, par leur retour en
France, y avaient ramené la paix et
la prospérité; par suite de leur nou-
vel exil, la prospérité et la paix ont
disparu de nouveau!

Je partis, à la fin; mais, tandis
que je foulais les dalles raisonnantes
des portiques solitaires de cet an
tique palais qui semble avoir été
destiné à l'infortune, une porte

s'ouvrit, et j'en vis sortir une femme d'un certain âge dont le costume noir semblait remonter au temps des rois d'Écosse. Elle me proposa de monter aux appartemens qu'avait occupés Marie Stuart, cette reine encore si chère aux Écossais.

Ayant accepté son offre avec empressement, je la suivis dans la partie ouest du palais, bâtie par Jacques V, père de Marie.

Parvenu au premier étage, je fus introduit dans une immense salle ou galerie, qui prend toute la longueur de la façade. Là, sont rangés, le long des murs, une foule de portraits des anciens rois d'Écosse et d'autres grands personnages.

On y remarque ceux de Fergus, premier roi de cette contrée, an 330 avant Jésus-Christ ; de Carac tacus, roi en l'année 35 après Jésus-Christ, et de Donald, premier roi catholique en l'année 199. Viennent après les portraits des Stuarts, y compris celui de Jac ques Ier, roi d'Angleterre, fils de Marie ; celui de Charles Ier, et celui de Marie Stuart elle même.

Cette salle est démeublée, ses

murs sont nus, et elle ne sert plus maintenant qu'aux élections des pairs d'Écosse.

Au fond, est le trône de Georges IV.

Mon guide me conduisit alors au deuxième étage par un escalier pratiqué dans la tour, et m'ayant ouvert une porte, je me trouvai dans le salon de Marie.Stuart.

En face de la porte est une espèce de trône à deux places qui fut le siége de mariage de cette reine avec son cousin Henri Stuart, comte de Darnley, auquel elle décerna le titre de roi, mais qui, par son caractère jaloux et soupçonneux, causa le malheur de sa femme. De chaque côté, sont deux grands fauteuils, et, à ma droite, on m'en montra un autre plus étroit à oreillers qui fut brodé par Marie.

La tapisserie qui recouvre les murs fut, dit on, apportée de France par elle. Le plafond en bois, montre dans ses compartimens les armes sculptées des différens rois d'Écosse, et au milieu sont celles de France, c'est-à-dire les fleurs de lys, ou

plutôt fers de lance, emblême an
tique de la nation guerrière et libre
dont nous descendons, et qu'en
1830 comme en 93 on a jugé devoir détruire au nom de cette même
nation et de la liberté dont nous
jouissons depuis, comme chacun
sait.

En face du siége de mariage dont
je viens de parler, et contre le mur
où se trouve la porte d'entrée, est
le lit à colonnes où a couché Charles Ier.

Après ce salon, vient la chambre
à coucher de Marie; la tapisserie

et tous les meubles qu'elle renferme
sont de son temps, et ont été soi
gneusement et religieusement conservés ; car en Écosse non plus
qu'en Angleterre, on ne détruit
pas comme en France les souvenirs et les monumens historiques :
les révolutions même les ont religieusement conservés. Il n'y a que
les peuples barbares qui puissent,
comme les enfans, détruire leurs
propres ouvrages ! On y voit son
lit, une boîte brodée par elle, puis
une sorte de corbeille ronde à petits bords, et ouverte, dans laquelle,

selon mon guide, cette princesse
avait coutume de déposer le soir la
parure dont elle s'était servie le jour.

On y voit aussi le portrait peint
sur bois de la duchesse de Guise,
sa mère, et le sien propre peint en
miniature, et copié d'après l'origi-
nal, qu'on dit d'une grande res-
semblance; en ce cas, la reine était
charmante. Elle avait de beaux
yeux, un nez bien fait et un peu
aquilin; une jolie bouche et un
visage oval. Ses traits étaient fins,
et sa physionomie tout à la fois
noble et douce, exprimait la sen-

sibilité. Il suffit, en un mot, de consi-
dérer le charmant portrait pour douter du crime dont elle a été accusée.
En effet, combien n'a t-on pas vu
dans l'histoire, de crimes commis
au nom de personnes que l'on vou
lait rendre, coupables afin de s'en
défaire? Et, sans remonter plus
haut, Louis XVI, Marie-Antoinette,
n'ont-ils pas été indignement ca-
lomniés avant de périr, et Charles X
n'a-t-il pas été poussé à bout, et
accusé ensuite par ceux qui depuis se sont vantés d'avoir, pendant
quinze ans, conspiré contre les

Bourbons et contre cette même
Charte pour la défense de laquelle
ils ont prétendu s'être révoltés? De
quoi n'est pas capable la perfidie!

Derrière la tapisserie, se voit
une porte qui mène au petit escalier qui descendait à la chapelle et
par où Ruthwen s'introduisit pour
assassiner *Davide Rizzio*, musicien
piémontais déjà vieux, et contre le
quel Darnley, profondément jaloux,
avait conçu d'injustes soupçons,
parce que la reine, pour distraire
ses ennuis, l'avait admis dans son
intimité.

Le cabinet où Rizzio soupait, dit-on, avec la reine, est à la suite de sa chambre; on m'y montra l'armure ainsi que les bottes de Darnley, et le mobilier est encore celui de son temps.

Un autre cabinet où cette reine avait coutume de se tenir, compose l'intérieur de la tour qui fait le coin des deux façades ouest et sud du palais. Son ameublement se compose de deux fauteuils, deux chaises, un candelabre ou plutôt guéridon en bois, un petit miroir rond d'un pied de diamètre environ, fort précieux sûrement alors et attaché à la tapisserie, laquelle est aussi de son temps.

Quant au sang de Rizzio qui, dit on, n'a pu être effacé, on le remarque contre le mur d'une espèce d'anti-chambre, formée, m'a dit mon guide, depuis Marie Stuart, d'une partie même de son salon, ci-dessus décrit, et dont cette anti-chambre n'est séparée que par une cloison.

Selon mon cicerone femelle, les assassins, après avoir frappé Rizzio dans le cabinet ci-dessus, l'auraient traîné pour l'achever, au lieu où l'on aperçoit son sang prétendu.

Mais comment se fait-il, puisque Rizzio a été assassiné dans le cabinet de la reine, qu'on n'y découvre pas aussi des taches de sang? Comment aussi ses assassins ont-ils préféré traîner son corps ensanglanté non-seulement au travers de la chambre de la reine, mais encore au travers du salon qui la suit, plutôt que de le faire passer par la porte de la chambre qui donne sur le petit escalier de la chapelle par où ils étaient montés et qui est voisine du cabinet?

D'ailleurs, la chambre et le salon devraient également découvrir des taches de sang, aussi bien que les meubles, car Rizzio n'a pas été sans se débattre entre les mains de ses assassins, et pourtant, on n'en voit nulle part, si non dans ce lieu reculé.

Ce récit, il faut en convenir, dénote quelque invraissemblance.

Darnley fut à son tour étranglé en 1567, dans une maison d'Edim bourg, et, trois mois après, Marie épousa Bothwel, son favori, qu'on accusait généralement de la mort de Darnley. Mais que d'accusations de ce genre n'ont pas plané sur des têtes souvent innocentes, et qui ont été ainsi la victime de la haine, de la jalousie et de la calomnie ?

Peut on croire que cette reine, pieuse d'ailleurs, eût épousé, même son amant, si elle l'avait cru coupable de cet assassinat ? Il n'y aurait que la profonde scélératesse et un être entièrement endurci par les crimes multipliés, qui pût sans horreur contracter une telle union.

Il est donc plus probable que,
par son mariage, elle a voulu con
vaincre le public de l'innocence de
Bothwel. Elle a pu être impru-
dente, irréfléchie, en contrac
tant ce mariage, mais coupable,
criminelle, je ne puis le croire
encore. Quant à ses malheurs, qui
les ignore? Mais eût-elle été si
tranquille à sa mort si elle avait été
criminelle? On se souvient que
lorsqu'on lui lut son arrêt, elle répondit : *La mort ne peut me
causer de chagrin, puisqu'elle*

doit mettre fin à mes malheurs !

En quittant cet appartement, qui offre tout à la fois d'agréables et de pénibles souvenirs, je descendis et j'allai à l'ouest du palais parcourir les ruines de l'ancienne chapelle des rois d'Ecosse. Le grand portail est actuellement bouché, on n'entre plus maintenant dans cet édifice que par une petite porte dans l'intérieur du palais.

En avançant dans cet édifice en ruine, on me montra la chapelle aujourd'hui délabrée, où, dit on, cette reine avait coutume de se

confesser. Il n'y existe plus d'entier
que le monument funéraire en
marbre de lord Belithin , mort en
1630.

La chapelle d'Holy-Rood possède encore quelques autres tom-
beaux, entre autres celui de *Gui-
chard* , célèbre réformateur du
temps de Charles Ier, et celui de
madame la duchesse de Grammont,
morte en 1813.

Voici ce que j'appris à ce sujet
de la bouche même de son fils,
M. le duc de Guiche.

« Ce monument, élevé en l'hon-

neur de ma mère, ne contient plus
ses cendres. Morte en Ecosse, elle
avait exprimé à sa famille le vœu
que ses restes fussent transportés
en France aussitôt que les événe-
mens le permettraient, afin d'avoir
en mourant la consolation de songer
qu'ils ne resteraient pas dans une
terre d'exil, lorsque sa famille serait retournée au foyer de ses an-
cêtres.

» Ses dernières volontés, malgré
des frais immenses, furent religieusement exécutées, et les restes de
ma mère furent transportés en

France dans les caveaux de ma fa

mille, situés dans une terre dont

nous fûmes presque entièrement

dépouillés par la révolution.

» Qui aurait pu croire, ajouta t-il,

que de nouvelles infortunes seraient

venues fondre sur la famille déjà si

malheureuse de nos rois, et qu'elles

la ramèneraient en ce même lieu

d'exil où ma pauvre mère ne voulut

pas rester afin de suivre dans leur

bonheur ceux qu'elle avait suivis

dans leur adversité! »

JARDIN

De Mademoiselle.

Du rez-de chaussée de la partie du palais, opposée à la chapelle en ruine des Stuarts, est un étroit terrain, orné d'un petit gazon et de quelques fleurs et arbustes. C'est ce qu'on appelle le *jardin* de *Mademoiselle*, de cette fille de France, qui, il y a deux ans à peine, avait, ainsi que son frère, des palais et de vastes jardins pour s'ébattre, et qui maintenant ne possède guère qu'un arbre qui la protège de son ombre, et que quelques pieds de terrain pour prendre l'air et un peu d'exercice. Au pied de cet arbre, est un banc où, bien des fois sans doute, ces deux aimables enfans ont songé à Sully et à Bagatelle, où, guidés par leur tendre mère, ils goûtaient des plaisirs si purs, et où ils s'abandonnaient à toute la gaîté de leur âge ! Maintenant, em-

portés par la tempête loin de leurs
berceaux, loin des lieux qui les ont
vus naître, et que d'autres possè-
dent, ils n'ont pas même à eux ce
petit terrain de vingt ou trente pas
de long sur autant de large!

Leur mère bien aimée elle-même
n'est plus là pour les presser sur
son cœur; l'amour maternel lui a
fait loin d'eux affronter bien des
dangers; mais, s'ils pleurent son
absence, en revanche ils ne peuvent
qu'admirer ce courage et cet hé-
roïsme maternel qui doivent la leur
rendre encore plus chère.

1ᵉʳ AOUT 1832.

Aujourd'hui, dès six heures moins un quart du matin, j'étais chez le jeune prince.

Il parut un instant après, et me tendant la main il me dit : « *Déjà!* il faut convenir que vous avez été bien exact au rendez-vous, car, quoique exact aussi, je n'étais pas encore prêt. »

Il courut aussitôt caresser sa levrette chérie. « Elle est française, me dit il , et elle m'a suivi ici ; malheureusement elle vieillit , voyez comme elle grisonne, elle a maintenant 10 ans, ma fidèle amie ! »

Il prit alors le fleuret que son maître lui tendait , et il commença sa leçon d'armes , dirigée par le sieur *Bellavoine* , ex-sous-officier aux grenadiers de la garde à cheval, et aussi bon maître d'armes qu'il est brave militaire et serviteur fidèle.

Le jeune prince , qui n'a pas en.

core une année de leçons, est déjà
fort; il est parfaitement placé sous
les armes et a le bras souple et le
poignet ferme.

Connaissant ma mauvaise santé,
il me fit asseoir, et, dans ses mo
mens de repos, il venait se placer
auprès de moi, et me parler avec la
plus grande affabilité.

« Quel jour sommes-nous du
mois, me demanda-t-il ?

» Le 1er août, Monseigneur.

» En ce cas, répondit-il, en sau
tant de joie sur le canapé où il
m'avait fait asseoir, je suis dès

aujourd'hui plus riche de vingt livres !

» Tant mieux pour les malheu-reux, car on sait en France le bon emploi que Monseigneur fait de son argent.

» On parle donc quelquefois de moi en France? J'en suis bien aise, *j'aime tant la France et les Français !* »

L'assaut fut brillant, Henri para et attaqua avec adresse, et ne vou-lut cesser le combat qu'après avoir porté douze bottes à son maître, ce qu'il fit en assez peu d'instans.

La leçon qu'il prit après celle ci
fut moins active et moins gaie,
c'était celle du latin, dirigée par
M. *Barande*, homme profondément
instruit. Néanmoins, le jeune prince
y apporta beaucoup de zèle et d'ap-
titúde.

Il ne fut pas seul à profiter de
cette leçon; le jeune Agenor de
Guiche, enfant charmant, fut son
émule; et M. le dauphin y présidait.

Lorsque la traduction fut ache
vée, on en fit l'analyse, d'après
l'excellente méthode de M. Barande, et certes, cette manière

d'apprendre le latin est bien supé-
rieure à celle d'autrefois, par laquelle on exerçait, il est vrai, la
mémoire, mais nullement le jugement de l'élève.

A la leçon de latin succéda celle
de géographie, à laquelle vint assister le deuxième fils du duc et de
la duchesse de Guiche, non moins
intéressant que son aîné.

Le jeune Henri, avec autant de
zèle, mit plus d'intérêt à cette se-
conde leçon, et l'émulation qui
régnait parmi les trois élèves m'intéressa au dernier point, par la vi-

vacité des réponses et par la phy
sionomie animée du jeune prince.
Elle m'intéressa surtout par la
méthode claire de M. de Barande
et par la transcription rapide qu'en
faisaient ses élèves.

A huit heures et demie environ,
la leçon étant finie, nous allâmes
avec le jeune prince reconduire
M. le dauphin, et comme M. le duc
de Bordeaux s'aperçut au retour
que j'avais tenu mon chapeau à la
main : «Est-ce que vous me quittez
déjà, me dit-il, avec vivacité, en
me prenant le bras?

» Non , Monseigneur , je me trouve trop heureux auprès de vous. »

Il nous conduisit alors dans la modeste pièce qui précède sa chambre et sert de salon , et où le thé était servi. Chacun de nous remplit également bien sa tâche, et le jeune prince m'intéressa surtout par ses réparties et son aimable gaîté.

Après ce léger repas, les jeunes de Guiche allèrent rejoindre leurs tendres parens, et le prince, me donnant le bras, et acompagné de son sous-gouverneur, le loyal et vertueux comte de Maupas, me conduisit au lieu où je l'avais vu la veille prendre sa leçon de tire au pistolet.

Il fut extrêmement adroit ce jour là ; tous ses coups portèrent dans la cible et près de la poupée, et non seulement il l'abattit deux fois percée à la tête, mais quatre fois différentes la balle passa par le trou que la première avait faite, savoir : deux fois par le prince et autant par M. de Maupas.

Plein de contentement de son adresse du jour, il remonta chez lui pour prendre avec M. Barande sa leçon d'histoire, à laquelle vint assister *Mademoiselle*, dont on ne se lasse pas d'admirer l'esprit, les grâces et le jugement. La méthode de leur savant précepteur est excellente. Au lieu d'instruire ses élèves sur l'histoire d'un seul peuple à la fois, il les leur fait passer en revue tous ensemble, et les interroge sur tous les faits relatifs à chacun d'eux à la même époque. De sorte que tous les peuples paraissent à la fois devant leurs yeux, comme autant de parallèles tracées sur un même tableau.

Non-seulement il les instruit sur
les faits et sur la politique et les
usages des différens peuples de la
terre , mais encore il leur fait com-
prendre les résultats de leur con-
duite. Il a soin de faire ressortir les
belles, bonnes ou mauvaises actions
des princes ou des peuples, et leur
démontre ainsi ce que les rois et
les peuples auraient dû faire, ce
qu'ils auraient dû éviter. De sorte
qu'au lieu de cette méthode sèche,
aride et ennuyeuse , avec laquelle
on nous a appris l'histoire et surtout
la chronologie , la sienne est pleine

d'attraits, d'intérêts, d'instruction pour les sujets comme pour les princes.

Aussi rien n'égale l'émulation qui règne entre le frère et la sœur; c'est à qui des deux répondra le premier aux questions de M. de Barande, lesquelles font souvent sortir de leur jeune cerveau des étincelles d'esprit et de jugement ou des preuves d'un bon cœur.

En parlant des Kamschadales, M. de Barande leur avait dit : qu'en leur froide patrie les chiens servaient tout à la fois à conduire.

leurs traîneaux et à les nourrir de leur chair au besoin.

« *Les barbares !* s'écria le jeune Henri, plein d'émotion, *tuer des animaux aussi fidèles et aussi dévoués à leurs maîtres !* »

Il a beaucoup de mémoire et une vivacité d'intelligence remarqua ble. A peine laisse-t-il le temps à son aimable sœur de répondre, et, pour peu qu'elle tarde à le faire, il prend la parole et répond à sa place avec un air de triomphe.

Au reste, je puis certifier que ces deux enfans qui inspirent à toute

âme sensible un si vif intérêt, ne
sont élevés ni avec mollesse ni avec
servilité. On ne leur souffre aucun
air de dédain ni de hauteur, jamais,
on ne les flatte, on les excuse moins
encore, et il n'est pas de collége où
les études se fassent ni aussi bien
ni aussi ponctuellement, pas d'é-
ducation privée aussi exacte ni
aussi sévère, et je doute qu'un
riche parvenu souffre auprès de ses
enfans des précepteurs aussi rigi-
des et aussi indépendans.

Le moindre écart est redres
sé, la moindre négligence repro

chée, la moindre récidive punie.

Aussi rien n'est plus docile que ces charmans enfans, et jamais dans leurs traits on ne remarque d'humeur ni de ressentiment. Du reste, on est juste pour eux comme on veut qu'ils le soient pour les autres, et les éloges comme le blâme, les récompenses comme les punitions sont toujours répartis avec une parfaite équité.

Lorsque la leçon d'histoire fut achevée, Mademoiselle me dit en s'en allant : « J'espère que vous ne partez pas encore, et que vous viendrez me revoir auparavant? Je m'occupe de quelque chose pour vous, mais ce ne sera achevé qu'après demain, ainsi je vous attendrai chez moi ce jour-là. »

Elle nous salua, et partit avec madame de Gontaud.

Après que nous eûmes accompagné le prince, qui reconduisit sa sœur, il me prit le bras et me mena à table, où un déjeuné simple, mais plus substantiel que le thé préparatoire du matin, nous attendait.

On croit peut-être que M. le

comte de Maupas (1) servit le prince
le premier. Il n'en fut pourtant pas
ainsi, et ce fut moi qui obtins cet
honneur.

La conversation du jeune Henri n'a rien de l'enfance; il nous
entretint pendant toute la durée
du repas ; me demanda si je
l'avais vu nous saluer au manége
pendant que son cheval était en
mouvement ? Puis il parla de

_____

(1) M. le baron de Damas, gouverneur du jeune prince,
fut, pendant tout mon séjour à Holy Rood, retenu dans sa
chambre pour cause de violentes douleurs de sciatique. Ce
fut là seulement que je pus m'entretenir avec lui d'un
élève aussi digne de ses soins et de son dévouement

son adresse du jour au pistolet,
et me répéta qu'il avait besoin de
s'y remettre, parce que cet exercice
avait été depuis quelque temps in-
terrompu par suite du petit voyage
dans le nord de l'Écosse qu'il venait de faire.

Après le déjeûner, qui fut court,
il alla changer de vêtemens pour
aller au manége, et, à son retour, il
me demanda si j'irais aujourd'hui
le voir monter à cheval; sur ma
réponse négative; il me dit : « Eh
bien, profitez de ce temps pour
retourner chez vous. Par ce moyen,

vous pourrez vous habiller et re-
viendrez assister à mes lèçons
d'anglais et d'allemand; alors, à six
heures, vous n'aurez qu'un pas à
faire en me quittant pour aller chez
le roi, où je sais que vous dînez. »

Il me dit adieu, sauta dans sa
voiture de louage, et partit avec
MM. de Maupas et de La Villatte.

A son retour du manége et de
la promenade, il commença sa leçon d'anglais sous la direction de
M. *Black*, anglais instruit et d'une
grande douceur.

Le jeune prince montra dans

cette leçon la même intelligence
que dans toutes les autres, il possède
déjà bien cette langue, et lorsqu'il
a lu un passage français, il le tra-
duit ensuite en anglais avec beau
coup de facilité.

Comme il jouait avec quelque
chose qu'il tenait à la main, M. de
Maupas lui reçommanda l'attention.

« C'est bien mon projet, lui ré
pondit-il avec vivacité, je l'ai pro
mis à M. Black, et je tiens toujours
ce que je promets. »

A la fin de la leçon, il donna

pour sujet d'entretien en anglais,
un plan de bataille. Alors il
forma deux armées avec des balles
de pistolet dont il avait ses poches
pleines, les fît approcher l'une de
l'autre en se servant des divers
mots anglais propres aux évolutions; le combat alors commença,
et ayant mis en fuite l'armée enne-
mie, il attendit sur le champ de
bataille, dont il resta le maître, l'i-
népuisable M. Baraude, qui devait
lui donner sa leçon d'allemand.

Étant sorti un instant, M. Black
en profita pour me dire : « Ce jeune

princè a un jugement remarquable.
Un jour comme il lisait un ouvrage
anglais, il me fit observer une
contradiction de l'auteur que moi-
même je n'avais pas aperçue. »

Nous le vîmes bientôt revenir,
portant avec M. de Maupas une
espèce de petite malle en bois
précieux, cerclée en acier, et portant, sur le milieu du couvercle,
l'écusson de France en vermeil.

C'était un présent qu'on lui
avait envoyé de France pour sa
fête, et qu'il venait de recevoir.

Il l'ouvrit, et y trouva une char-.

mante corbeille, une grande tige de lis , des pensées et de ces petites fleurs appelées en allemand *vergiss mein nicht*; et en français, *ne m'oubliez pas*; le tout fait en chenilles.

Déjà son cœur a parlé; il ne veut pas jouir seul de ce présent, et, en conséquence, il fait un bouquet de ces fleurs emblématiques, et me les présente.

Idée pleine de délicatesse, puisqu'il savait qu'en me les donnant, ces fleurs retourneraient en France, et qu'elles deviendraient ainsi les interprètes de ses propres pensées.

Quant à la branche.de lis et à la corbeille, il les mit de côté pour les offrir à sa sœur, et il ne se ré serva que le joli coffre qui les avait contenues.

Charmant enfant! puissent tes bienfaits, si le bonheur un jour daigne te sourire toujours s'adresser à des cœurs reconnaissans, et ne jamais devenir la proie de l'ingratitude!

Satisfait de l'emploi qu'il avait fait de ce présent à peine reçu, Henri se mit avec ardeur à sa leçon.

d'allemand, il y montra la même
-application et obtint le même succès que dans ses autres études.

DINER DU ROI.

En sortant de chez le jeune prince, je me rendis chez le roi, où déjà étaient réunis M. le dau phin et madame la dauphine.

« *Eh bien*, me dit-il, *vous avez passé toute la journée chez mon petit-fils, vous avez été à même de voir comment on l'élève, et s'il sait y répondre?*

» Oui, Sire , et son esprit et son cœur me font prévoir ce qu'il sera un jour. »

Peu de temps après, on annonça que le roi était servi. Sa table était composée, non de *quarante per sonnes*, comme la calomnie s'est plu à le répandre , mais de neuf cou verts.

La table de Charles X , ce roi toujours calomnié parce que tou- jours il fut bon, est des plus mo- destes; et certes nos fastueux et orgueilleux puissans du jour, et nos banquiers de la Chaussée d'Antin la dédaigneraient. Mais, tandis qu'ils ont employé leurs richesses, eux, à soulever un peuple aveuglé contre une monarchie qui, pendant des siècles, a rendu la France si grande et si heureuse, ce prince exilé, sans fortune, trouve encore le moyen, en se privant de toute superfluité, de partager le peu qu'il possède avec les pauvres, sans doute moins à plaindre que lui ! (1)

---

(1) Parmi les dernières bonnes actions de ce monarque,

Celui qui régnait au Louvre n'est plus à Holy-Rood qu'un père de famille vénéré, qui inspire l'amour et le respect à tout ce qui l'entoure, et qui semble avoir oublié ses immenses infortunes pour ne penser qu'à celles des autres.

Madame la dauphine est ici comme en France, la charité vivante, une mère des pauvres, un ange de consolation. Ici comme en

---

dit la *Quotidienne* du 24 septembre (article Angleterre), se trouve un placement d'argent pour servir à l'éducation des enfans des pauvres d'Éd'mbourg.

France, la misère est secourue, le malheur consolé, sans que l'on connaisse la main du bienfaiteur!

Sublime religion! toi seule peux inspirer au malheur tant de courage, de résignation, de constance et de vertus!

Certes, c'est bien cette famille qui peut répéter à la faction qui depuis quarante ans n'a cessé de la persécuter, ces beaux vers de Voltaire :

Des dieux que nous servons connais la différence,
Les tiens t ont commandé le meurtre, la vengeance,
Et le mien, quand ton bras vient de m'assassiner,
M'ordonne de te plaindre et de te pardonner!...

Le roi, madame la dauphine,
ainsi que M. le dauphin daignèrent
m'offrir des mets placés devant eux,
et, si tant d'infortunes empêchaient
mes illustres hôtes d'être gais, le
repas ne fut pas cependant silen,
cieux, et la conversation fut assez
souvent même générale.

Seulement elle ne roula jamais
sur la politique, et jamais un mot
amer, ni la moindre plainte ne sortit de ces bouches royales.

Après le dîner, nous trouvâmes,
en rentrant au salon, différens
journaux français de diverses opi-

nions qui étaient arrivés ce jour-là;
ils étaient, comme d'habitude de
puis deux ans, remplis de tristes
nouvelles et de réflexions plus tristes
encore.

La famille se contenta de gémir
sur l'état actuel du commerce en
France, sur la misère qui, selon
les journaux, y régnait, sur les ra
vages du cholera, et sur la mort
qui frappait tant de victimes.

Mais, comme toujours, aucun
de ses membres n'exprima une
plainte ni un reproche.

« Il faut connaître comme moi.

cette famille, m'avait dit la veille,
Mme la comtesse de Bouillé, pour
savoir admirer son courage dans le
malheur et sa résignation aux coups
du sort. Depuis les affreux évène-
mens qui nous ont jetés sur cette
plage, jamais un mot d'humeur ni
d'impatience n'est sorti d'aucune
bouche, et jamais je n'ai entendu
prononcer aucune plainte, aucun
reproche. Résignée à la volonté du
ciel, elle semble impassible au milieu de tant de vicissitudes; l'ingratitude de ceux qu'elle a comblés
de bienfaits, l'affecte vivement sans

aigrir son inépuisable bonté, et l'amour des Français est toujours sur ses lèvres et dans son cœur.

« Quant à moi, si j'ai pu supporter la perte de ma fille, c'est à la famille royale que je le dois. Devant elle, frappée de tant de malheurs, je n'ose me trouver à plaindre, et en la voyant si courageusement résignée, j'ai appris à le devenir à mon tour. »

Le roi parla tantôt à l'un, tantôt à l'autre, avec cette bonté, cette aménité qu'admiraient en France tous ceux qui l'approchaient. M. le .

dauphin en fit autant, et madame
la dauphine alla se placer à une
table pour travailler.

Bientôt arriva Mademoiselle, qui,
après avoir été embrassée tendre-
ment par sa tante, vint se placer
auprès d'elle et faire de la tapisserie.
Son ouvrage était charmant, et les
fleurs dont elle-même composait
les nuances étaient parfaitement
faites.

Elle avait apporté la tige de lis
et la corbeille, présens de son frère,
afin de les montrer à ses parens.

Le jeune prince parut à son tour,

il alla embrasser son grand père, son oncle et sa tante, qui le chérissent, puis il se mit à courir et à folatrer ; imitant son cheval chéri, il manégeait autour du salon, sautant par-dessus le canapé, comme son cheval saute par-dessus la barre, et vantant les qualités de son coursier.

« Je vois avec plaisir que Monseigneur ne s'est pas fait mal ce matin lorsque son cheval s'est abattu, lui dis-je !

» Comment l'avez-vous su ?

» Par M. de Maupas, qui vient de

le dire à madame la dauphine.

« Pourquoi a-t-il été raconter cela, il aura effrayé le roi et ma tante ?

» Au contraire, le roi n'a fait qu'en rire en disant qu'il n'est pas de cavalier à qui cela n'arrive, et que cela vous aguérirait. »

Charles X aime à la folie ses petits enfans, toute sa consolation est de les voir, et de jouir de leurs progrès, ainsi que de leurs aimables qualités, il ne lui reste plus, hélas! d'autre félicité!

La vivacité, la gaîté, les répar

ties du jeune prince et de son aimable sœur l'amusent, et le salon
change d'aspect sitôt qu'ils y paraissent.

A huit heures ils se retirent;
alors le roi joue au billard avec
M. le dauphin pendant une heure
et demie environ. Pendant ce
temps, madame la dauphine invite
chacun à s'asseoir autour de la table
où elle travaille, et la conversation
devient générale , sans pourtant
jamais être indiscrète et surtout
bruyante ni confuse, car il semble
que le malheur inspire plus de res

pect encore pour la vertu et pour les grandeurs déchues.

A neuf heures et demie, madame la dauphine se retire, et un quart d'heure après, le roi, après une courte conversation, en fait autant, non sans avoir souhaité le bon soir au petit cercle qui l'entoure; on le suit jusqu'à l'anti-chambre, et chacun retourne alors chez soi.

Le roi daigna plusieurs fois m'inviter lui-même à revenir dans ces soirées de famille où l'on jouit de tant d'union, de paix et de bonté. Cependant, la vue d'aussi grandes infortunes serait accablante, si le courage et la résignation de ceux qui les éprouvent, ne fortifiaient ceux qui les contemplent et qui les admirent.

Charles X vit fort retiré; il sort peu d'Holy Rood; chaque jour il se contente de faire quelques tours de promenade dans le jardin, qui n'a guère que trois ou quatre arpens d'étendue, mais qui, au nord, a vue sur la campagne; puis il rentre tristement dans ses appartemens. Hommes jaloux, gens haineux, et vous tous ingrats de toutes les

classes et de toutes les opinions,
réjouissez-vous, le roi ne se livre
plus au seul exercice utile à sa santé
et au délassement auquel vous vous
livrez vous-même. Il ne chasse
plus...

Telle est l'existence réservée
dans ses vieux jours à un roi
de France, inviolable, d'après la
Charte, à qui nous avions tous prêté
serment de fidélité, et qui, aujour-
d'hui, en dépit de nos sermens et
de la Charte elle-même, languit,
ainsi que toute sa dynastie, sur une
terre étrangère?

3 AOUT 1832.

Visite à Mademoiselle ; Revue.

Mademoiselle m'avait dit la veille chez le roi, son aïeul, de venir le lendemain chez elle à midi.

Je m'y rendis à l'heure indiquée qui est celle de son déjeûné.

Elle était encore, lorsque j'arri-

vai, chez son frère, à achever avec
lui sa leçon d'histoire : mais elle
revint bientôt, accompagné du
jeune prince qui a l'habitude de
la reconduire jusque chez elle, et
qui entra cette fois, afin de partager
avec elle des pêches et de magnifiques raisins qu'il venait de recevoir des deux cousines de l'hôtel
du Black-Bull.

« Voilà comme il fait toujours,
me dit à part madame de Gontaud,
il n'a rien à lui. »

Lorsque le partage fut fait, et
pendant que Mademoiselle était

occupée à écrire quelque chose, il vint à moi et me dit :

« Eh bien ! La Villatte vous a fait faire hier une course inutile, la revue du régiment de dragons n'a point eu lieu ?

» Je l'ai su, Monseigneur, lui répondis-je, M. de La Villatte a eu la bonté de m'en prévenir à temps.

» C'est aujourd'hui qu'elle se passe, irez-vous?

» Oui, certes, puisque Monsei gneur y va.

» A deux heures donc, dit-il en s'en allant, à *Porto-Bello*, à deux milles d'Édimbourg, sur la plage.

» J'y serai, Monseigneur. »

Il partit.

En ce moment, Mademoiselle vint à moi et daigna m'offrir un dessin qui la représentait, acceptant une pierre d'Écosse de la main d'un enfant qui lui en faisait hommage, et que j'aimerais à appeler son frère; elle venait d'écrire *Louise* au bas de ce dessin.

» Je l'ai fait pour vous, me dit elle avec sa grâce ordinaire, et je désire qu'il vous fasse autant de plaisir que j'en ai de vous l'offrir. »

À ce charmant présent, elle daigna en ajouter un autre non moins précieux : c'était de ses cheveux, qu'elle me pria d'offrir à ma femme.

« Votre Altesse royale mettrait le comble à ses bontés, lui dis je, plein d'émotion, si elle daignait me permettre de lui baiser la main, et de lui exprimer ainsi ma profonde reconnaissance.

« Volontiers, me dit-elle, et soudain elle me tendit sa jolie petite main.

» Elle est si heureuse, me dit

madame de Gontaud, de voir des Français lui porter quelqu'intérêt!

» Qui pourrait ne pas l'aimer, répondis-je! »

Je lui présentai alors des vers anglais que miss Anne Thompson m'avait prié de lui offrir, et dont je regrette de n'avoir pas de copie.

Mademoiselle les lut, et les ayant trouvés charmans, elle me dit :

«Je voudrais bien connaître miss Thompson; elle nous est si dévouée ainsi que sa cousine! Ne pourriez-vous pas me les amener?

» Écoutez-moi : vous ne partirez

pas samedi comme vous en aviez le projet, parce qu'il me reste encore à vous offrir un' petit présent qui n'est pas prêt et qui ne le sera que samedi même. Ainsi en ne partant que lundi, vous pourrez dimanche venir avec elles à la messe qui se dit, comme vous le savez, chaque dimanche à la chapelle d'Holy-Rood à onze heures moins un quart, et après la messe vous les accompa gnerez chez moi, si toutefois elles consentent à ma proposition. »

J'osai l'assurer d'avance de la joie que ces deux cousines éprou-

veraient en recevant une aussi flat-
teuse invitation et de l'empressement qu'elles mettraient à y répondre.

Mademoiselle avait faim, elle me
quitta pour aller déjeûner, et je
partis pour la revue.

Cette revue ou plutôt ces manœuvres du magnifique régiment
des dragons de la reine, eurent lieu
sur la plage d'un beau bourg, ap-
pelé *Porto Bello*, à trois milles
environ d'Édimbourg.

Le colonel, ayant aperçu le jeune
Henri, vint à lui, et, avec toute

la grâce de l'ancienne politesse française, tous les égards dus à une grande infortune, il le fit placer, ainsi que nous, en un lieu convenable, pour jouir sans obstacles de la vue des manœuvres.

Elles furent admirablement exécutées, les chevaux étaient magnifiques, les hommes parfaitement exercés, et ni cavaliers ni chevaux ne restèrent en arrière.

A la fin des manœuvres, le régiment se répandit en tirailleurs et fit feu de toute part. Puis, se rengeant au bord de la mer, il exécuta

plusieurs charges en venant à nous
au grand galop et en s'arrêtant tout
court à quelques pas du prince avec
une exactitude parfaite.

Il fallait voir l'attention du jeune
Henri pendant les manœuvres. Tous
ses regards s'y étaient fixés; il suivait
toutes les évolutions avec un plaisir
remarquable, et il demandait à
chaque instant si en France les
manœuvres étaient les mêmes?

Un officier supérieur qui l'en-
tendit, lui répondit que beau
coup de manœuvres françaises
avaient été adoptées par l'armée

anglaise, ce qui parut le flatter.

« Mais, dit le jeune prince, nous marchons en colonnes par quatre, et vous marchez par trois?

» Nous avons préféré ce nombre, lui répondit l'officier, parce qu'il est plus facile de passer ainsi dans des chemins étroits. »

La venue du jeune prince avait attiré sur la plage une foule considérable de peuple désireux de le voir, et beaucoup de beau monde à cheval ou en voiture. Les enfans surtout étaient avides de l'approcher, et l'entouraient tellement et de si près qu'il fallait à chaque instant les faire reculer pour qu'il pût suivre des yeux les manœuvres.

Lorsqu'elles furent terminées, le régiment défila par trois pour retourner à son beau quartier de *Jack's-Lodge*, près d'Édimbourg, et lorsque le jeune prince eut fait ses adieux au colonel, et répondu au salut des officiers qui, comme leur chef, avaient été pleins de politesse et de respect, il remonta en voiture et partit.

Mais, s'étant aperçu que par discrétion je ne l'avais pas suivi, il daigna crier au cocher d'arrêter, et me fit monter près de lui.

Le soir, le roi eut la bonté de me dire : « Hé bien, vous avez été à la revue ce matin ?

» Oui, Sire, et j'y ai éprouvé de bien douces jouissances ! »

Peu de temps après, M. le dauphin et madame la dauphine daignèrent me demander : « Avec qui étiez-vous ce matin en allant à Porto-Bello ? M. le dauphin et moi sommes passés bien près de vous.

» En ce cas VV. AA. RR. ont dû me trouver plus qu'impoli, car je

n'ai point eu l'honneur de les voir,
et par conséquent de les saluer...

» Von, me dit madame la dauphine, car vous étiez pour cela
trop animé dans votre conversation.
Cependant, nous sommes passés
si près de vous que nous entendî-
mes votre compagnon vous dire
qu'il avait été deux fois à Paris.

» C'est vrai, répondis-je, et
comme ce bon Écossais se mit
à parler en même temps des vertus de la famille royale et de la
vénération qu'elle inspirait à tout
ce qu'il y avait de bon et d'honnête

en Écosse et en Angleterre , il m'intéressa au point de ne pas apercevoir LL. AA. RR.

DIMANCHE, 5 AOUT 1832.

Les Adieux.

Selon le désir de Mademoiselle,
j'eus l'honneur de lui présenter
aujourd'hui miss Anna Tompson
et sa cousine.

Elle les reçut avec son amabilité
ordinaire. Elle les fit asseoir, et

exprima avec sensibilité à miss Anna tout le plaisir qu'elle avait eu de lire ses vers. Elle causa quel ques temps avec elle en anglais, langue qu'elle parle fort bien, et renvoya les deux cousines ravies d'elle et plus dévouées encore si c'est possible.

M'étant à mon tour avancé pour prendre congé de la princesse, elle me dit d'attendre un instant, sortit, et revint bientôt après avec une petite boîte d'où elle tira une jolie pensée composée de diverses pierres d'Écosse.

« Je vous prie, me dit-elle, avec
une grâce charmante, qui me dou-
blait le prix , d'offrir ceci à mademoiselle votre fille, en retour de
son joli cadeau, et de lui dire qu'il
m'a fait le plus grand plaisir, et
que j'ai été on ne peut plus sensible
à cette même marque d'attention
de sa part et de celle de sa mère.

» La jouissance de ma femme et
de ma fille, lui dis-je, en travaillant
à ce petit ouvrage a été bien grande;
lorsqu'elles le sauront accepté par
Mademoiselle , leur bonheur sera
bien plus grand encore; mais ma

fille ne saura comment lui exprimer sa reconnaissance en recevant le cadeau sans prix pour elle que votre A. R. veut bien lui faire, et dont elle conservera un éternel souvenir. »

Enfin, le cœur gros de sensibilité, il fallut la quitter, et je sortis de chez elle pénétré de tant de bontés, et charmé de tant de tact, d'esprit, de grâces et d'amabilité.

Lorsque je fus rendre mes devoirs au jeune Henri, je le trouvai montrant à ce qui l'entourait des lithographies représentant des sol-

dats de la garde royale de diverses
armes, car il aime avec passion
tout ce qui est militaire, et il van-
tait les différens régimens de l'armée française.

Dès qu'il m'eût aperçu, il courut
au comte de Maupas, lui donna à
l'écart quelque chose, et revint
auprès des personnes auxquelles il
montrait ses dessins, et qui, tous
les dimanche après la messe, ont
coutume de se rendre chez lui et
puis chez Mademoiselle.

Ce que le prince venait de donner à son sous-gouverneur était des

cheveux qu'il- m'avait destinés,
n'ayant pas voulu, par modestie et
timidité, m'en faire présent devant
une réunion un peu plus nom-
breuse que de coutume.

« Il vous en donne peu, me dit
M. de Maupas, car bien qu'on lui
coupe souvent les cheveux, il n'en
a pas encore assez pour en donner
à tous ceux qui en demandent.

Le jeune prince, bientôt après,
vint à moi, et me dit : « Vous êtes
bien heureux de retourner en
France !

« Pas trop, Monseigneur, puisqu'il faut quitter la famille royale !

» Dites au moins aux Français·
que je ne les oublie pas, quoique
banni de France, et que je les aime
toujours, entendez-vous ? » .

Le soir, le roi, M. le dauphin,
madame la dauphine, daignèrent
à leur tour me demander si je par-
tais toujours le lendemain. Ils
voulurent bien y ajouter de nouveau quelques mots de bonté pour
moi, pour les miens, pour les
Français qui leur étaient restés
fidèles dans le malheur, et même
pour ceux qui, revenus de leurs in-

justes préventions, ont été à même
de reconnaître depuis que nos princes n'avaient jamais eu qu'un sentiment , *l'amour de la France ,*
qu'une pensée , *son bonheur ,* et
qu'un désir, *sa gloire et sa pros*
périté.

Enfin je quittai Holy-Rood, pé
nétré de reconnaissance , et le
cœur rempli tout à la fois de bon
heur, de tristesse , d'admiration,
de regrets et d'espérance !

Depuis mon retour en France, Édimbourg a vu partir la famille royale. Les

regrets de ses habitans ont été au comble, m'a-t-on assuré, et le peuple a été au moment de s'opposer à son départ, tellement il avait su admirer ses vertus et plaindre ses malheurs.

Je joins ici un extrait de l'*Edimbourg Advertiser*, que j'ai trouvé dans *la Quotidienne* du 17 septembre dernier, journal, dit-elle avec raison, dont le témoignage paraîtra d'autant moins suspecte qu'il est whig.

« Vendredi soir (14 septembre), dit l'*Edimbourg Advertiser*, les fournisseurs de la maison de Charles X ont offert un souper aux personnes qui composent cette maison. La table, servie dans la *grande salle de Miller* à l'abbaye, était de cent couverts, M. Beal était pré sident (*chairman*), et le bailli Greig et M. Houstin, vice présidens. On but d'abord à la santé de S. M. Guil-

laume XIV et de la reine Adélaïde,
après quoi celles de Charles X, du duc
de Bordeaux, du duc et de la duchesse
d'Angoulême, et de la duchesse de
Berri, furent portées au milieu des
plus vifs applaudissemens. Tous les
Écossais présens témoignèrent les regrets les plus sincères du départ des
illustres étrangers, qui ont vécu parmi
nous depuis quelque temps de la ma
nière la plus bienveillante et la plus
amicale. Ces regrets ne se sont pas bornés
à ceux qui ont directement profité de
leur séjour, mais ils sont partagés sans
exception par tous les habitans de la
ville.....»

« On écrit d'Edimbourg, ajoute plus
bas *la Quotidienne*, qu'à son départ de
l'Écosse, monseigneur le duc de Bordeaux a passé en revue un régiment
anglais qui l'a accueilli avec les plus

vives démonstrations d'enthousiasme.
Il a défilé devant le jeune prince, au
cri mille fois répété de *vive le duc de
Bordeaux* ! »

On lit dans *la Quotidienne* du 25 septembre ce qui suit, d'après le *Caledo-
nian Mercury :*

« A l'heure du départ de Charles X
d'Edimbourg (18 septembre), une foule
considérable s'était rassemblée en face
du palais, et presque tout le monde
portait des cocardes blanches au cha
peau et des rubans blancs à la bouton
nière. Aussitôt que Charles X a paru,
le cri général de *chapeau bas* s'est fait
entendre, et chacun s'est découvert à
l'instant. De grands cris de *vivat* sui-·
virent, et le peuple se pressa autour
du roi et monta jusque sur la voiture,
tant on désirait l'entrevoir, même une
fois.

« A l'extrémité de la jetée, qui, de même que le pavillon, avait été décorée de drapeaux, s'étaient réunies plusieurs dames, dont l'une, dans son émotion, en voyant passer Charles X, s'inclina profondément et cria *vive le roi !* »

« Nous n'essaierons pas, dit l'auteur de ce récit, de décrire la scène touchante qui eut lieu dans la chambre du vaisseau, parce qu'il serait impossible d'en donner la plus légère idée. Pas un œil ne resta sec de part ou d'autre, et la manière affectueuse dont ces augustes exilés, mettant de côté toute étiquette, dans un moment de vive sensibilité, embrassèrent leurs amis *à la française,* ne pouvait manquer de toucher tous les cœurs.

» Nous avons oublié de dire qu'au moment où le *Dart* arriva *lof* pour *lof* avec le *United-Kingdom*, ce bâtiment salua d'un coup de canon, et ce salut fut répété par un autre vaisseau, mouillé non loin de là, et qui était, à ce que nous croyons, le *James-Watt*. Des acclamations, parties du rivage, répondirent aussi au salut, et furent rendues par celles des personnes à bord. Beaucoup de voitures restèrent toujours près de la jetée, entourées de personnes portant la plupart des cocardes blanches; à onze heures et demie, l'*United-Kingdom* appareilla et commença à descendre le frith : trois *vivat* furent encore criés, et des mouchoirs blancs furent agités pour dernier adieu.

___

C'est ainsi que partout sera reçue cette famille auguste qui n'a trouvé d'ingrats et d'ennemis que dans sa propre patrie, et qui partout sera reçue avec respect, honneur et admiration.

FIN.